JN308374

4
寺子屋シリーズ

親子で楽しむ

こども短《たん》歌《か》塾《じゅく》

松平盟子【著】

●ご家族のみなさまへ●

短歌 ―― 千三百年続く日本の詩

巨樹と呼ばれる大木が日本の各地にはあります。樹齢が数百年、または千年を越える樹木もあるようで、人はその前に立つとき、誰もが遠く長い時間を生きてきた樹木の生命の大きさに深い感動をおぼえることでしょう。

短歌という詩は、とても小さな詩ではありますが、そんな巨樹にどこか似てはいないか。わたしはときどきそう思います。日本人が千三百年も前から自分たちの心をここに託し、自然の美しさや人への愛や別れの悲しみを表現し続けてきた詩だからです。

大地に根をおろし、春夏秋冬の中で花を咲かせ、葉を繁らせる。樹木のいとなみは一見同じことの繰り返しですが、花も葉も毎年あらたにこの世に生まれてくるものですね。

短歌も詩の形自体はまったく変わりませんし、表現される喜怒哀楽の心のありようは千三百年前の人と同じです。けれども言葉やその使い方は、やはり時代によってちがっているのです。

短歌はリズムのある詩です。口ずさんだり指を折ったりしながら、子どもでも自然に親しめる詩です。それに触れることは、同時に日本語の面白さや豊かさに出会うことでもあるでしょう。さあ、さっそく、子どもといっしょに短歌の扉を開いてみませんか？

もくじ

I

短《たん》歌《か》ってなぁに？

★リズムを持《も》つ詩《し》です

「短歌《たんか》」という詩《し》は「短《みじか》い歌《うた》」と書《か》きます。略《りゃく》して「歌《うた》」とだけ言《い》うときもあります。

じゃあ、どれくらい短《みじか》いか、というと、三《さん》十一音分《じゅういちおんぶん》の長《なが》さしかない詩《し》です。

三十一音《さんじゅういちおん》といっても〈五《ご》・七《しち》・五《ご》・七《しち》・七《しち》〉の音数《おんすう》（または拍数《はくすう》）に分《わ》かれていて、この規則的《きそくてき》な音数《おんすう》のリズムを大事《だいじ》にするのが短歌《たんか》なのです。なんと千三百年《せんさんびゃくねん》も前《まえ》から変《か》わることなく続《つづ》いているんですよ。

五線紙《ごせんし》にのりそうだなと聞《き》いている
遠《とお》い電話《でんわ》に弾《はず》むきみの声《こえ》

Ⅰ 短歌《たんか》ってなぁに？

たとえば右《みぎ》のような短歌《たんか》を〈五《ご》・七《しち》・五《ご》・七《しち》・七《しち》〉のリズムに合《あ》わせて切《き》ってみましょうか。

五線紙《ごせんし》に／のりそうだなと／聞《き》いている／
遠《とお》い電話《でんわ》に／弾《はず》むきみの声《こえ》

あれっ？〈五《ご》・七《しち》・五《ご》・七《しち》・八《はち》〉になってる！
そうですね。最後《さいご》の七音《しちおん》に当《あ》たるところが一音《いちおん》多《おお》い。でも、日本語《にほんご》らしい意味《いみ》で切《き》ろうとすると、どうしても数《かず》が合《あ》わなくなることもありますから、音数《おんすう》を守《まも》らなくちゃいけないとは思《おも》いこまなくてもいいんですね。

前《ぜん》ページの短歌《たんか》のような場合《ばあい》を「字余《じあま》り」と言《い》います。逆《ぎゃく》に基本《きほん》の音数《おんすう》よりも足《た》りなくなるときは「字足《じた》らず」と言《い》います。

★心《こころ》を伝《つた》えられる詩《し》です

次《つぎ》に「五線紙《ごせんし》にのりそうだなと聞《き》いている遠《とお》い電話《でんわ》に弾《はず》むきみの声《こえ》」は、どんな内容《ないよう》が描《えが》かれているか考《かんが》えてみましょう。

作者《さくしゃ》に「きみ」と呼《よ》ばれる人《ひと》は、遠《とお》くに暮《く》らしているのか、旅行《りょこう》で遠方《えんぽう》に行《い》き、そこから作者《さくしゃ》に電話《でんわ》をかけてきたのかもしれませんね。でも、どんなに遠《とお》くても、その距離《きょり》を感《かん》

I 短歌《たんか》ってなぁに？

じさせないくらい間近《まぢか》に「きみ」の存在《そんざい》が実《じっ》感《かん》されるのです。

そんな「弾《はず》むきみの声《こえ》」を受話器《じゅわき》に聞《き》きながら、作者《さくしゃ》はこんなふうに思《おも》います。「五線紙《ごせんし》にのりそうだな」と。五線紙《ごせんし》は音楽《おんがく》の楽譜《がくふ》です。まるで音符《おんぷ》が自由《じゆう》に上下《じょうげ》しているような楽《たの》しげな声《こえ》が聞《き》こえてきそうです。

作者《さくしゃ》と「きみ」は、きっとお互《たが》いに心《こころ》と心《こころ》が寄《よ》り添《そ》い、幸福感《こうふくかん》を味《あじ》わっているのでしょう。目《め》の前《まえ》で会《あ》っていなくても、電話《でんわ》を通《とお》して声《こえ》と心《こころ》を交《か》わすことで二人《ふたり》の気持《きも》ちはたしかなものだと信《しん》じ合《あ》える。恋心《こいごころ》がやさしく語《かた》られている歌《うた》です。

短歌《たんか》は、短《みじか》い詩《し》ですが、この作品《さくひん》のように人《ひと》の心《こころ》の内側《うちがわ》をとても繊細《せんさい》に表現《ひょうげん》することができます。読者《どくしゃ》はこれを読《よ》みながら、自分《じぶん》の体験《たいけん》に照《て》らし合《あ》わせて共感《きょうかん》したり同調《どうちょう》したりすることもできるのです。まさに心《こころ》を伝《つた》えられる詩《し》なのですね。

★昔《むかし》の詩《し》なのに新《あたら》しい

短歌《たんか》の歴史《れきし》は奈良時代《ならじだい》から始《はじ》まります。その頃《ころ》は短歌《たんか》でなく「和歌《わか》」と呼《よ》ばれていました。西暦八世紀《せいれきはっせいき》にまとめられた『万葉集《まんようしゅう》』という日本《にほん》で最初《さいしょ》の和歌集《わかしゅう》は、なんと二十巻《にじっかん》。そこ

Ⅰ 短歌《たんか》ってなぁに？

に四千五百首《よんせんごひゃくしゅ》も収《おさ》められていて、天皇《てんのう》や皇后《こうごう》といった高《たか》い身分《みぶん》の人《ひと》から、名《な》もなき人々《ひとびと》の歌《うた》までがたくさん入《はい》っています。

テーマも多様《たよう》です。季節《きせつ》の変化《へんか》や自然《しぜん》の美《うつく》しさであったり、男女《だんじょ》や親子《おやこ》の愛《あい》であったり、生《い》きることの楽《たの》しさや苦《くる》しさであったり、大切《たいせつ》な人《ひと》の死《し》を悼《いた》む心《こころ》であったり、実《じつ》にさまざまでした。日本人《にほんじん》は置《お》かれた立場《たちば》や生活《せいかつ》の場《ば》がどのようなものであろうと、みな和歌《わか》という詩《し》を大切《たいせつ》にし、それを誇《ほこ》りに思《おも》ってもきたのですね。

電話《でんわ》がなかった奈良時代《ならじだい》の人々《ひとびと》も、大好《だいす》きな人《ひと》の声《こえ》を聞《き》けば、きっとドキドキしたことでしょう。「五線紙《ごせんし》にのりそうだなと聞《き》いている遠《とお》い電話《でんわ》に弾《はず》むきみの声《こえ》」という短歌《たんか》と同《おな》じ感動《かんどう》を味《あじ》わったはずなのです。

★かなづかいは二《ふた》つあります

実《じつ》はこれまで何度《なんど》も登場《とうじょう》した短歌《たんか》の原作《げんさく》は次《つぎ》のようなものです。

五線紙《ごせんし》にのりさう《(そ)》だなと聞《き》いてゐ《(い)》る
遠《とお》い電話《でんわ》に弾《はず》むきみの声《こえ》

あっ、「のりさう《(そ)》だな」「聞《き》いてゐ《(い)》る」になってる！

そう、かなづかいが違《ちが》うのです。

これは〈旧《きゅう》かなづかい〉と呼《よ》ばれるもので、「のりそうだな」「聞《き》いている」は〈新《しん》かなづかい〉と言《い》われています。どちらを使《つか》うかは作者《さくしゃ》である歌人《かじん》〈短歌《たんか》を作《つく》る人《ひと》〉が選《えら》びますが、この歌《うた》の作者《さくしゃ》・小野茂樹《おのしげき》は旧《きゅう》かなづかいを好《この》んだようです。

そうそう、短歌《たんか》は一首《いっしゅ》、二首《にしゅ》……と数《かぞ》えます。「首《しゅ》」を単位《たんい》としているのです。一句《いっく》、二句《にく》というのは俳句《はいく》の数《かぞ》えかたですから、まちがえないように気《き》をつけましょうね。

短歌が生まれるとき

松平盟子の短歌創作ノート 1

『人魚《にん》《ぎょ》姫《ひめ》』語《かた》りてやりぬ恋《こい》ゆゑ《(え)》に滅《ほろ》ぶる終末《おわり》母《はは》が娘《こ》にかたる

松平盟子

「人魚姫」はアンデルセンの有名な童話です。海で遭難した王子を助け、一目で恋した十五歳の人魚姫は、海の魔女に頼んで尾を脚に変える薬をもらいます。王子の近くにいたい。その一心からですが、代わりに声を失い、もし王子が他の女性と結婚したら海の泡になってしまうと魔女は告げるのでした。

結末は救いようのない悲劇。「人魚姫」は実は残酷な童話なのです。母親が同じ性をもつ幼い娘に絵本を読み聞かせながら、自分はいったい何を伝えようとしているのかと、ふと自問する。恋するという人間に備わった宿命とその力の大きさに、母親自身がおののきを感じるからです。「滅ぶる終末《おわり》」まで幼女に語る切なさと怖さを詠んだ一首です。

Ⅱ

短《たん》歌《か》を楽《たの》しむ・短《たん》歌《か》で遊《あそ》ぶ

★声《こえ》に出《だ》して短歌《たんか》を読《よ》んでみよう

短歌《たんか》はまず声《こえ》を出《だ》して、ゆっくり読《よ》んでみましょう。〈五《ご》・七《しち》・五《ご》・七《しち》・七《しち》〉のリズムがよくわかるからです。そうすると、言葉《ことば》の響《ひび》きや音感《おんかん》とか、目《め》の前《まえ》に見《み》えてきそうな風景《ふうけい》や映像《えいぞう》とか、匂《にお》いのイメージとか、いろいろに楽《たの》しめるんですよ。

東京《とうきょう》の空《そら》にぎんいろ飛行船《ひこうせん》
十七《じゅうなな》歳《さい》の夏《なつ》が近《ちか》づく

小島《こじま》なお

十七《じゅうなな》歳《さい》って、どんな年《とし》？　ちょっと大人《おとな》に近《ちか》づいたキラキラしてる年齢《ねんれい》。さあ、ゆっくり大《おお》きな声《こえ》で読《よ》んでみましょう。そろそろ夏《なつ》になりそうな東京《とうきょう》のまぶしい空《そら》に、銀《ぎん》いろの飛行船《ひこうせん》がもっとまぶしく浮《う》かんできますよ。

春《はる》がすみ シュークリームを抱《かか》えゆく
駅《えき》から遠《とお》いともだちの家《いえ》

東《ひがし》 直子《なおこ》

シュークリームって、いい匂《にお》い。白《しろ》っぽい春《はる》がすみのただよう道《みち》を、おみやげのシュークリームの箱《はこ》をかかえて、駅《えき》から遠《とお》い友《とも》だちの家《いえ》まで歩《ある》いていく。その間《あいだ》ずっと、ふわふわっといい匂《にお》いがして、道《みち》が遠《とお》いことなんか忘《わす》れて、なんだか気持《きも》ちいいでしょ？

きみに逢《あ》う以《い》前《ぜん》のぼくに遭《あ》いたくて
海《うみ》へのバスに揺《ゆ》られていたり

永《なが》田《た》和《かず》宏《ひろ》

彼女《かのじょ》と出会《であ》う前《まえ》と、出会《であ》った後《あと》の自分《じぶん》は、どこか違《ちが》う人間《にんげん》になったらしい。彼女《かのじょ》のことはとても好《す》きだけど、彼女《かのじょ》を知《し》らなかったころの自分《じぶん》に、ふと戻《もど》りたくなった青年《せいねん》。海《うみ》に行《ゆ》くバスにゆらゆら揺《ゆ》られながら、何《なに》を思《おも》っているのでしょうね。

縄《なわ》とびの縄《なわ》にあふるる波《なみ》あまた
おおなみこなみゆうやみふかし

玉《たま》井《い》清《きよ》弘《ひろ》

縄《なわ》とびの縄《なわ》がぐるぐると回《まわ》ると、たくさんの波《なみ》があふれているように見《み》えますね。「あまた」は多《おお》いという意味《いみ》。「ふかし」は深《ふか》い。大《おお》きな波《なみ》、小《ちい》さな波《なみ》……。あ、気《き》がついたら、もうすっかり夕方《ゆうがた》。「おおなみ・こなみ・ゆうやみ・ふかし」がとてもリズミカルです。

くれなゐ《(い)》の二尺《にしゃく》伸《の》びたる薔薇《ばら》の芽《め》の
針《はり》やはら《(わ)》かに春雨《はるさめ》のふる
正岡子規《まさおかしき》

「くれなゐ《(い)》」は赤色《あかいろ》のこと。赤《あか》く六《ろく》センチほどに伸《の》びた薔薇《ばら》の芽《め》の先《さき》には、もう小《ちい》さな針《はり》が生《は》えていて、その柔《やわ》らかな針《はり》に柔《やわ》らかな春雨《はるさめ》が降《ふ》っている。そんな静《しず》かでおだやかな光景《こうけい》です。今《いま》から百年《ひゃくねん》も前《まえ》の短歌《たんか》なのに色彩《しきさい》感《かん》があってきれいですね。

金《こん》色《じき》のちひ《(い)》さき鳥《とり》のかたちして
銀杏《いちょう》ちるなり夕《ゆう》日《ひ》の岡《おか》に

与《よ》謝《さ》野《の》晶《あき》子《こ》

色《いろ》づいた銀杏《いちょう》の葉《は》が、風《かぜ》もないのに一《ひと》つずつ落《お》ちていく風《ふう》景《けい》ですね。それを金《きん》色《いろ》の小《ちい》さな鳥《とり》にたとえているのです。金《きん》色《いろ》の小《こ》鳥《とり》が何《なん》羽《ば》も夕《ゆう》日《ひ》に照《て》らされた岡《おか》に舞《ま》い降《お》りてくる。鮮《あざ》やかで美《うつく》しくて、まるで童《どう》話《わ》の世《せ》界《かい》です。

夏《なつ》のかぜ山《やま》よりきたり
三《さん》百《びゃく》の牧《まき》の若《わか》馬《うま》耳《みみ》ふかれけり

与《よ》謝《さ》野《の》晶《あき》子《こ》

広《ひろ》い牧《まき》場《ば》に三《さん》百《びゃく》頭《とう》もの馬《うま》が放《はな》たれている光《こう》景《けい》です。どの馬《うま》もまだ若《わか》くて、山《やま》から吹《ふ》き下《お》ろす夏《なつ》風《かぜ》が耳《みみ》にあたるたびに、ぴくぴくと敏《びん》感《かん》に動《うご》きそう。緑《みどり》の山《やま》と緑《みどり》の牧場《まきば》が目《め》の前《まえ》に浮《う》かび、伸《の》びやかな広《ひろ》がりを感《かん》じます。

★どんな言葉《ことば》を選《えら》んだらいい？

言《い》いたいことがあるとき、それが何《なに》について、どんなふうに言《い》いたいのかって、考《かんが》えますね。短歌《たんか》も同《おな》じです。表現《ひょうげん》したい内容《ないよう》は、キーワードとなって使《つか》われることが多《おお》いんですよ。次《つぎ》の短歌《たんか》の空欄《くうらん》に、キーワードとなる言葉《ことば》を選《えら》んで入《い》れてみましょう。

（こたえは29ページ）

A

（　）包《つつ》むみたいに紙《かみ》おむつ替《か》えれば庭《にわ》にこおろぎが鳴《な》く

吉川宏志《よしかわひろし》

赤《あか》ちゃんの紙《かみ》おむつを替《か》える若《わか》いお父《とう》さん。馴《な》れない手《て》つきで、ふわふわして温《あたた》かな、小《ちい》さなお尻《しり》をくるんであげるんですね。紙《かみ》おむつにくるっと包《つつ》んで、最後《さいご》にマジックテープでピタッ。さて、何《なに》を包《つつ》むみたいかな？

a 秋《あき》の花《はな》　b ハンバーガー　c 虫《むし》かごを

B

早春《そうしゅん》の（　）に深《ふか》くナイフ立《た》つるを《（お）》とめよ素晴《すば》らしき人生《じんせい》を得《え》よ

葛原妙子《くずはらたえこ》

すこやかに成長《せいちょう》した娘《むすめ》を眺《なが》めながら、お母《かあ》さんが励《はげ》ましの言葉《ことば》をかけている歌《うた》です。人《じん》生《せい》はこれからが本番《ほんばん》よ、と。まだ少《すこ》し寒《さむ》い早《そう》春《しゅん》のキッチンで、娘《むすめ》はいまナイフで何《なに》かを切《き》ろうとしています。さて、何《なに》かな？ ヒントは、爽《さわ》やかで良《よ》い香《かお》りのするもの。

a お餅《もち》　b だいこん　c レモン

C

戦争《せんそう》に失《うしな》ひ《(い)》しもののひとつにて（　）麦藁帽子《むぎわらぼうし》

尾崎左永子《おざきさえこ》

六十年以上《ろくじゅうねんいじょう》も前《まえ》にあった戦争《せんそう》ですが、そのころに青春時代《せいしゅんじだい》を送《おく》った人《ひと》は、大切《たいせつ》な忘《わす》れ物《もの》をしてきたと感《かん》じるようです。一度《いちど》きりの青《せい》春《しゅん》を満足《まんぞく》に味《あじ》わえなかった残念《ざんねん》な記憶《きおく》となっているのでしょう。忘《わす》れ物《もの》って何《なん》だと思《おも》う？

ヒントは作者《さくしゃ》が女性《じょせい》だってこと。

a リボンの長《なが》き　b 少《すこ》しへこんだ

c みんなと同《おな》じ

D（　）がこんなに鋭《するど》く鳴《な》く夜《よる》を誰《だれ》も知《し》らない一人《ひとり》の職場《しょくば》

大島《おおしま》史洋《しよう》

都会《とかい》の大《おお》きな会社《かいしゃ》に勤務《きんむ》する毎日《まいにち》。夜《よる》遅《おそ》くまで作者《さくしゃ》は一人《ひとり》で広《ひろ》いオフィスの机《つくえ》に向《む》かっているのでしょう。すると思《おも》いがけなく、何《なに》かがけんめいに鳴《な》いているのに気付《きづ》きました。オフィスは一気《いっき》に秋《あき》の気配《けはい》です。さて何《なに》が鳴《な》いていたのかな？

a 犬《いぬ》たち　b 蟋蟀《こおろぎ》　c 自動車《じどうしゃ》

E トレーラーに（　　）と妻《つま》を積《つ》み霧《きり》に濡《ぬ》れつつ野《の》をもどりきぬ

時田則雄《ときたのりお》

北海道《ほっかいどう》で大農場《だいのうじょう》をもつ作者《さくしゃ》です。夫婦《ふうふ》そろっての農作業《のうさぎょう》で大変《たいへん》そう。でも収穫《しゅうかく》の時期《じき》には喜《よろこ》びがいっぱいです。朝霧《あさぎり》に濡《ぬ》れながら大型《おおがた》トレーラーが野原《のはら》をゆるゆる走《はし》り、家《いえ》にもどってくる光景《こうけい》はいいですね。荷台《にだい》には奥《おく》さんと、他《ほか》に何《なに》が乗《の》っているのかな？

a さとうきびの束《たば》　b 山盛《やまも》りオレンジ

c 千個《せんこ》の南瓜《かぼちゃ》

F

髪《かみ》ながき少女《おとめ》とうまれ（　　）に
額《ぬか》は伏《ふ》せつつ君《きみ》をこそ思《おも》へ《（え）》

山《やま》川《かわ》登《と》美《み》子《こ》

初恋《はつこい》は胸《むね》がきゅんと鳴《な》りそうな切《せつ》ない気持《きも》ちになりますね。清《きよ》らかな恋心《こいごころ》はどう言葉《ことば》で表《あらわ》したらいいの？　作者《さくしゃ》は美《うつく》しい長《なが》い髪《かみ》の持《も》ち主《ぬし》。何《なに》かの前《まえ》に額《ひたい》を伏《ふ》せて、祈《いの》るように相《あい》手《て》の人《ひと》を思《おも》う、というのです。さて、何《なに》の前《まえ》に額《ひたい》を伏《ふ》せたのかな？

a しろ百合《ゆり》　b 紅《べに》バラ　c ひまわり

G

子《こ》どもらが湯《ゆ》にのこしたる（　　）
口《くち》をすぼめて我《われ》は吹《ふ》きを《（お）》り

島《しま》木《ぎ》赤《あか》彦《ひこ》

小《ちい》さな子《こ》どもたちの後《あと》にお風《ふ》呂《ろ》に入《はい》ったお

父《とう》さん。おや？ 子《こ》どもたちが遊《あそ》んだんだな。お湯《ゆ》の上《うえ》にポツンと残《のこ》されていたので、そっと吹《ふ》いてみた。子《こ》どもたちへの愛情《あいじょう》がいっぱいですね。さて、お湯《ゆ》には何《なに》が浮《う》かんでいたのかな？

a 水鉄砲《みずでっぽう》　b 木《こ》の葉舟《はぶね》　c 赤《あか》いタオル

【こたえ】

- Ⓐ b ハンバーガー……温《あたた》かい赤《あか》ちゃんのおしりを紙《かみ》おむつで包《つつ》む感《かん》じが出《で》ているね。
- Ⓑ c レモン……酸《す》っぱいけれど爽《さわ》やかな香《かお》りが、人生《じんせい》の門出《かどで》にふさわしいよね。
- Ⓒ a リボンの長《なが》き……少女《しょうじょ》の心《こころ》のはずみを感《かん》じさせるのは、やっぱり長《なが》いリボン。
- Ⓓ b 蟋蟀《こおろぎ》……秋《あき》の雰囲気《ふんいき》を感《かん》じさせる鳴《な》き声《ごえ》は、車《くるま》や犬《いぬ》ではなくて虫《むし》の声《こえ》。
- Ⓔ c 千個《せんこ》の南瓜《かぼちゃ》……さとうきびやオレンジは気温《きおん》の高《たか》い南《みなみ》の地方《ちほう》が産地《さんち》ですよ。
- Ⓕ a しろ百合《ゆり》……白《しろ》は清純《せいじゅん》さをイメージします。白百合《しろゆり》の花《はな》は初恋《はつこい》にぴったり。
- Ⓖ b 木《こ》の葉舟《はぶね》……口《くち》で吹《ふ》けるくらいの小《ちい》さくて軽《かる》い、木《こ》の葉《は》の舟《ふね》ですね。

★短歌《たんか》の半分《はんぶん》、キミならどう詠《よ》む？

短歌《たんか》は短《みじか》い詩《し》ですが、一度《いちど》音読《おんどく》しようとしても、なかなか息《いき》が続《つづ》きません。

そこで〈五《ご》・七《しち》・五《ご》〉で一度《いちど》切《き》り、それから〈七《しち》・七《しち》〉と読《よ》むと少《すこ》し楽《らく》。意味《いみ》もよく理解《りかい》できるようになります。短歌《たんか》をすべてこのように切《き》って読《よ》むわけではありませんが、昔《むかし》から〈五《ご》・七《しち》・五《ご》〉の部分《ぶぶん》を「上《かみ》の句《く》」、〈七《しち》・七《しち》〉の部分《ぶぶん》を「下《しも》の句《く》」と言《い》って、二《ふた》つのパーツに分《わ》けて考《かんが》えることが多《おお》いのですよ。

次《つぎ》にみんなに挑戦《ちょうせん》してもらいたいのは「上《かみ》の句《く》」や「下《しも》の句《く》」を自分《じぶん》で作《つく》ってみよう、ということです。原作《げんさく》よりもステキな言《い》い回《まわ》しや表現《ひょうげん》ができるかな？

A 対岸《たいがん》をつまずきながらゆく君《きみ》の遠《とお》い片手《かたて》に触《さわ》りたかった

永田《ながた》 紅《こう》

京都出身《きょうとしゅっしん》の作者《さくしゃ》にとって、対岸《たいがん》はきっと鴨《かも》川《がわ》の岸辺《きしべ》でしょう。向《む》こうの岸辺《きしべ》をつまずきながら行《ゆ》く相手《あいて》の、どこかあやうい歩《ある》き方《かた》。そのたびに手《て》を差《さ》し伸《の》べて支《ささ》えてあげたいのに、触《さわ》ることもできない距離《きょり》。でも、遠《とお》いのは彼《かれ》の片手《かたて》ではなく心《こころ》の方《ほう》ですね、きっと。

対岸《たいがん》をつまずきながらゆく君《きみ》の

B 金柑《きんかん》をひとつ丸呑《まるの》みしたるのち
かがやきながら巷《ちまた》をあるく

小池《こいけ》 光《ひかる》

小《ちい》さなミカンにも似《に》る金柑《きんかん》は、つるつると明《あか》るく照《て》っています。それをゴクンと丸呑《まるの》みして街《まち》を歩《ある》いていると、いつのまにか体中《からだじゅう》が輝《かがや》いている気《き》がする。お腹《なか》の中《なか》の金柑《きんかん》が発光《はっこう》体《たい》となったのか？　不思議《ふしぎ》な実感《じっかん》ですね。

金柑《きんかん》をひとつ丸呑《まるの》みしたるのち

C 目《め》線《せん》同《おな》じ高《たか》さになりて向《む》き合《あ》えば十七歳《じゅうななさい》って目《め》がきれいだね

三枝浩樹《さいぐさひろき》

十七歳《じゅうななさい》は澄《す》んだ目《め》をしている。同《おな》じ目《め》の高《たか》さで真向《まむ》かってみて、初《はじ》めて気《き》がついたのですね。大人《おとな》にはない目《め》のきれいさに感動《かんどう》した作者《さくしゃ》。目《め》は心《こころ》の中《なか》をよく表《あらわ》す鏡《かがみ》みたいなものなのでしょう。

目《め》線《せん》同《おな》じ高《たか》さになりて向《む》き合《あ》えば

D 雨傘《あまがさ》を泥《どろ》につきさしながら行《ゆ》く何《なに》かを君《きみ》に誓《ちか》いたき日《ひ》は　江戸《えど》雪《ゆき》

何《なに》かを相手《あいて》に誓《ちか》いたい日《ひ》。何《なに》を？　何《なに》かわからないけれど、誓《ちか》うことできっと絆《きずな》が深《ふか》まる気《き》がする。そんなことを思《おも》いながら、作者《さくしゃ》は雨上《あめあ》がりの道端《みちばた》の泥《どろ》を、雨傘《あまがさ》の先《さき》でつんつんと突《つ》きさしながら歩《ある》いている。迷《まよ》う心《こころ》をとても上手《じょうず》に表《あらわ》しています。

何《なに》かを君《きみ》に誓《ちか》いたき日《ひ》は

E 内《うち》ふかく春《はる》の潮《うしお》を含《ふく》みたる大《おお》はまぐりを一口《ひとくち》に食《く》ふ（う）

内藤《ないとう》 明《あきら》

春《はる》の太《ふと》って大《おお》きなハマグリ。火《ひ》の上《うえ》で焼《や》くと、ぱっくりと口《くち》を開《あ》け、貝殻《かいがら》の中《なか》には美味《おい》しそうな汁《しる》も揺《ゆ》れています。箸《はし》でつまんで一息《ひといき》に口《くち》へ。その瞬間《しゅんかん》、ハマグリの香《かお》りと海《うみ》の潮《しお》の味《あじ》が広《ひろ》がり、「おいしいなぁ」。春《はる》という季節感《きせつかん》がいっぱいの短歌《たんか》です。

大《おお》はまぐりを一口《ひとくち》に食《く》ふ（う）

F へたくそな俺《おれ》の葉《は》書《がき》の字《じ》と出逢《であ》う 昔《むかし》もいまも雲《くも》のような字《じ》だ

佐佐木幸綱《ささきゆきつな》

ずっと以前《いぜん》に書《か》いて、だれかに送《おく》ったハガキ。それを最近《さいきん》になってその人《ひと》に見《み》せられたのでしょうか。思《おも》わず「へたくそだなあ！」。自分《じぶん》の字《じ》は今《いま》も昔《むかし》も変《か》わらない。それを雲《くも》にたとえたのは面白《おもしろ》いですね。むくむくと大《おお》きくて自由《じゆう》な字《じ》が想像《そうぞう》されるのです。

昔《むかし》もいまも雲《くも》のような字《じ》だ

Ⅲ

短《たん》歌《か》をつくってみよう

― ホップ・ステップ・ジャンプ

★短歌《たんか》の言葉《ことば》って決《き》まりがあるの？

短歌《たんか》を作《つく》るときに、使《つか》っていい言葉《ことば》と、そうでない言葉《ことば》ってあるの？　きっと疑問《ぎもん》に思《おも》うよね？　でも大丈夫《だいじょうぶ》。みんなが毎日《まいにち》使《つか》う言《こと》葉《ば》を使《つか》っていいんですよ。

じゃあ、どうしたら上手《じょうず》に使《つか》えるのかな？「朝《あさ》」「ベッド」「飲《の》む」という、どこでも、いつでも使《つか》える言葉《ことば》を使《つか》って短歌《たんか》を作《つく》ってみました。

さて、ホップ・ステップ・ジャンプの三段階《さんだんかい》で、どんなふうに変《か》わっていくか見《み》てみよう。

ホップ

朝《あさ》起《お》きて一《いち》番《ばん》先《さき》に飲《の》むものを
考《かんが》えながらベッドにいるよ

朝《あさ》のベッドの中《なか》で、起《お》きたら何《なに》を飲《の》もうか考《かんが》えているようすがわかりますね。ただ、それ以上《いじょう》の内容《ないよう》はとくになさそう。

ステップ

朝《あさ》七時《しちじ》ベッドの中《なか》で迷《まよ》ったが
最初《さいしょ》に飲《の》むのはオレンジジュースだ

朝《あさ》の時間帯《じかんたい》がわかるし、オレンジジュースを飲《の》みたいという気持《きも》ちがよく出《で》ています。ジュースの明《あか》るい色《いろ》や味《あじ》も想像《そうぞう》できるね。

ジャンプ

朝《あさ》起《お》きて最初《さいしょ》はオレンジジュース飲《の》む
決《き》めたぞ急《いそ》いでベッドをおりる

はずむような気持《きも》ちが伝《つた》わってきます。ベッドの中《なか》から飛《と》び出《だ》していく動《うご》きも見《み》えてくるようでしょう?

★短《たん》歌《か》のテーマに選《えら》んでいいことと、わるいことはあるの？

どんな内容《ないよう》をテーマにしてもいいの？　短《たん》歌《か》にしてはいけないテーマはないの？

これも迷《まよ》いそうですね。でも、こたえは、なんでもＯＫ！　学校《がっこう》や友《とも》だちのこと、家族《かぞく》のこと、スポーツクラブや音《おん》楽《がく》教《きょう》室《しつ》のこと、どれもが短《たん》歌《か》のテーマになりますよ。

次《つぎ》の例《れい》では、妹《いもうと》がピアノを弾《ひ》くというテーマについて、どんなふうに作《つく》れるか、三《みっ》つを比《ひ》較《かく》してみよう。

ホップ

妹《いもうと》はピアノのレッスン今日《きょう》もする だんだん上手《じょうず》に弾《ひ》ける気《き》がする

妹《いもうと》が熱心《ねっしん》に練習《れんしゅう》するピアノをそばで聞《き》きながら、作者《さくしゃ》はだんだんと腕《うで》をあげていくのを感《かん》じている。でも、何《なに》を弾《ひ》いているのかわかると、もっと気持《きも》ちがわかるかもしれませんね。

ステップ

妹《いもうと》が今日《きょう》もピアノで弾《ひ》いている ショパンのワルツ楽《たの》しそうだね

ショパンのワルツと書《か》いてあるから、ちょっと難《むずか》しい曲《きょく》を弾《ひ》いているのかな？ でも「楽《たの》しそうだね」ともあるから、きっと上手《じょうず》になってきたんですね。

ジャンプ

妹《いもうと》のピアノを僕《ぼく》は好《す》きなんだ 「子犬《こいぬ》のワルツ」指《ゆび》が踊《おど》ってる

作者《さくしゃ》が「僕《ぼく》は好《す》きなんだ」と自分《じぶん》の気持《きも》ちを中心《ちゅうしん》に書《か》いています。そして「子犬《こいぬ》のワルツ」と曲名《きょくめい》が記《しる》され、「指《ゆび》が踊《おど》ってる」と妹《いもうと》の指《ゆび》の動《うご》きも書《か》かれているので、どんなふうに弾《ひ》いているのか想像《そうぞう》しやすいですね。楽《たの》しそうと書《か》かなくても、楽《たの》しそう！

★短《たん》歌《か》のリズムを楽《たの》しもう

〈五《ご》・七《しち》・五《ご》・七《しち》・七《しち》〉というリズムは短《たん》歌《か》の基《き》本《ほん》。難《むずか》しそうだけど、言《こと》葉《ば》をこのリズムにうまく乗《の》せられるようになると、とても気《き》持《も》ちがいいですよ。日《に》本《ほん》語《ご》には短《たん》歌《か》のリズムが不《ふ》思《し》議《ぎ》なくらい自《し》然《ぜん》に合《あ》うんだね。

次《つぎ》の例《れい》では、言《こと》葉《ば》が〈五《ご》・七《しち》・五《ご》・七《しち》・七《しち》〉のリズムに乗《の》っているかどうかすぐにわかるように、記《き》号《ごう》「／」を入《い》れてみました。

ホップ

自転車《じてんしゃ》に／乗《の》ってずっとどこまでも／行《い》きたいな／海《うみ》がとつぜん／見《み》えてくるよ

リズムに合《あ》っているようで、どうも合《あ》っていないようですね。指《ゆび》を折《お》りながら音《おと》の数《かず》をたしかめてみると、合《あ》わないところがわかりますよ。

ステップ

自転車《じてんしゃ》に／乗《の》ってずんずん／漕《こ》ぐ先《さき》に／海《うみ》はきっともうすぐ／青《あお》く開《ひら》けるだろう

上《かみ》の句《く》はうまくリズムに乗《の》っていて言葉運《ことばはこ》びも軽快《けいかい》。でも、下《しも》の句《く》がリズムに合《あ》っていません。表現《ひょうげん》の内容《ないよう》は良《よ》いのに残念《ざんねん》。「海《うみ》はもうすぐ／青《あお》く開《ひら》ける」なら、OKなのにね。文字数《もじすう》をリズムに合《あ》うようにすればいいわけです。

ジャンプ

自転車《じてんしゃ》を／漕《こ》いで行《い》きつく／岬《みさき》から／太平洋《たいへいよう》が／とつぜん迫《せま》る

リズムに合《あ》っているだけでなく、「岬《みさき》」「太平洋《たいへいよう》」という名詞《めいし》が具体的《ぐたいてき》で、「とつぜん迫《せま》る」という言《い》い回《まわ》しは勢《いきお》いがあります。個性《こせい》も感《かん》じますね。

★固《こ》有《ゆう》名《めい》詞《し》と数《すう》詞《し》を使《つか》ってみよう

みんなの名前《なまえ》は世界《せかい》で一《ひと》つ。同姓同名《どうせいどうめい》があっても、それは他《ほか》の人《ひと》の名前《なまえ》ですね。みんなの暮《く》らす場所《ばしょ》の地名《ちめい》や学校《がっこう》、川《かわ》や橋《はし》も、たった一《ひと》つしかありません。これを「固有名詞《こゆうめいし》」といいます。

また、物《もの》を数《かぞ》えるときには、たとえば一個《いっこ》、二《に》枚《まい》など、大《おお》きさや量《りょう》を計《はか》るときには一《いち》ミリ、二《に》グラムなど、順序《じゅんじょ》や順番《じゅんばん》は一番《いちばん》、第二《だいに》などといいますね。こういった言葉《ことば》を「数詞《すうし》」といいます。

「固有名詞《こゆうめいし》」と「数詞《すうし》」は、どちらも具体的《ぐたいてき》で事実《じじつ》がしっかり伝《つた》わりますよ。表現《ひょうげん》が生《い》き生《い》きとする、その効果《こうか》を実感《じっかん》してみましょう。

ホップ

ゴールまで必死《ひっし》で走《はし》る運動会《うんどうかい》
どんどん足《あし》が前《まえ》に出《で》ていく

運動会《うんどうかい》でいっしょうけんめいに走《はし》っているようすがわかりますね。足《あし》が前《まえ》へ前《まえ》へと出《で》て、きっとすごいスピードなんだ。走《はし》る勢《いきお》いはよくわかるけど、走《はし》り出《だ》したばかりなのかな？　もうすぐゴールなのかな？

ステップ

ゴールまで必死《ひっし》で走《はし》る運動会《うんどうかい》
あと十《じゅう》メートル息《いき》がつけない

「あと十《じゅう》メートル」とあって、ゴールまであとどれくらい走《はし》るのか想像《そうぞう》できます。「息《いき》がつけない」ともあるから、苦《くる》しいけれど、どれくらいがんばっているか、わかるよね。

ジャンプ

ゴールまであと十《じゅう》メートル
恵《けい》ちゃんを抜《ぬ》けば二番《にばん》だ太陽《たいよう》まぶしい

「運動会《うんどうかい》」とは書《か》かれていないけれど、「恵《けい》ちゃん」という名前《なまえ》や、「二《に》番《ばん》」という順番《じゅんばん》をあらわす言葉《ことば》があるから、だれと競《きそ》い、どんな順位《じゅんい》で走《はし》っているかすぐに理解《りかい》できるね。目《め》に見《み》えるようでしょう？

短歌が生まれるとき

松平盟子の短歌創作ノート 2

今日《きょう》にして白金《はっきん》のいのちすててゆく
さくらさくらの夕《ゆう》べの深《ふか》さ

松平盟子

咲き満ちる桜が散り始めた日の光景です。穏やかに晴れた夕刻、白金（プラチナ）色に発光するようにも見える白い花びらが、音もなくひらひらと落ちていく。それはまるで今日をもって何かが極まったとでもいうように、いっせいに命をすてていくのです。

そのようすを眺めていると、夕方という時間帯が桜の花びらを限りなく受け止め、沈みこませていくようにも感じられるのでした。

「押しひらくちから蕾に秘められて万の桜はふるえつつ咲く」は同じころに作った一首。桜という樹木のうちに秘められた花を咲かせようとする命の激しさ、蕾ひとつひとつにまで行き渡るエネルギーの大きさを詠みました。三十代半ばのころの歌です。

Ⅳ

みんながつくった短歌《たんか》

このコーナーでは、「明治書院　親と子の短歌募集企画」（2010年2〜4月）に応募された「こども部門」「おとな部門」「親子ペア部門」の作品のなかから、大賞・優秀賞・入選（入選はこども部門のみ）作品を掲載しています。記載の学年は応募時のものです。

こどもがつくった短歌《たんか》

（こども部門受賞作品）

大賞《たいしょう》

運動場《うんどうじょう》　最後《さいご》のふえの音《ね》鳴《な》りひびく
退場《たいじょう》しても心《こころ》の中《なか》で

原田真優（小6）

クラス対抗《たいこう》、それとも他校《たこう》との試合《しあい》でしょうか。運動場《うんどうじょう》で熱戦《ねっせん》が繰《く》り広《ひろ》げられ、最後《さいご》にホイッスルが鋭《するど》く鳴《な》らされた。勝《か》ったの？　負《ま》けたの？　どちらともとれますね。でも、退場《たいじょう》しても心《こころ》の中《なか》で鳴《な》り響《ひび》いている、と作者《さくしゃ》は言《い》っているのですから、いつまでも試合《しあい》から気持《きも》ちが離《はな》れられないのですね。もし勝《か》った喜《よろこ》びでいっぱいなら、こうはならないのでは？　たぶん負《ま》けてしまったのです。悔《くや》しさと悲《かな》しさで気持《きも》ちが収《おさ》まらないから、「ああ、あのとき笛《ふえ》が鳴《な》らなかったら、自《じ》分《ぶん》たちに点《てん》が入《はい》ったかもしれない」とか、心《こころ》の中《なか》で渦巻《うずま》く思《おも》いが消《き》えないのです。

いろいろなシーンが想像《そうぞう》されますし、作者《さくしゃ》の気持《きも》ちもたっぷりと共有《きょうゆう》できる、とても良《よ》い作品《さくひん》ですね。

優秀賞《ゆうしゅうしょう》

「ふきのとう」ドキドキしたよ はっぴょう会《かい》 大《おお》きな声《こえ》で春風《はるかぜ》おこす　椎木愛野（小2）

「ふきのとう」は曲《きょく》の名前《なまえ》？ 発表会《はっぴょうかい》でクラスみんなが大《おお》きな声《こえ》で歌《うた》ったのかなと想像《そうぞう》しました。植物《しょくぶつ》のふきのとうは春先《はるさき》の、まだ寒《さむ》い時期《じき》に地面《じめん》から顔《かお》を出《だ》します。春風《はるかぜ》を起《お》こすほどに元気《げんき》な声《こえ》だったんですね。

卒業《そつぎょう》だ お空《そら》の父《ちち》もくるのかな ぼくはくること信《しん》じているよ　朝日 新（小6）

小学校《しょうがっこう》の卒業式《そつぎょうしき》は家族《かぞく》みんなで祝《いわ》ってくれますね。目《め》には見《み》えないけれど、亡《な》くなったおとうさんもきっと空《そら》のむこうから式《しき》を見《み》に来《き》てくれる。そんな希望《きぼう》が率直《そっちょく》に語《かた》られていますね。

大豆《だいず》まき 種《たね》はどんなの？ 早《はや》く見《み》たい 初《はじ》めて知《し》った 種《たね》はお豆《まめ》だ！　小笠原果穂（小3）

大豆《だいず》は大《おお》きな豆《まめ》と漢字《かんじ》で書《か》きますが、その種《たね》は？ 実《じつ》は大豆《だいず》が種《たね》だったんですね。「ええっ！」という驚《おどろ》いた顔《かお》が見《み》えるようです。知《し》らないことを知《し》る喜《よろこ》びが素直《すなお》に伝《つた》わってきます。

入賞《にゅうしょう》

なつやすみ　かわいいかにをみつけたぞ
つぎのやすみはなにみつけよう
稲田崇太（小1）

はつだこがラッパの音《おと》でまい上《あ》がる
青《あお》い空《そら》にはたこがいっぱい
兼次要那（小3）

まだまだか　苗《なえ》よ育《そだ》てとねがってる
親《おや》の気《き》持《も》ちでねがってる
木村沙貴（小6）

春《はる》の日《ひ》に六《ろく》年《ねん》生《せい》になりました
不安《ふあん》の波《なみ》にのみこまれそう
田村有希（小6）

試合《しあい》では自分《じぶん》のミスで負《ま》けたけど
感謝《かんしゃ》の気《き》持《も》ちでグローブみがく
上田裕太郎（小6）

グラウンド バトンを握《にぎ》り走《はし》り出《だ》す
風《かぜ》になってる心《こころ》も軽《かる》い　長坂柚花（小6）

秋鹿《あいか》みそ けんこうのもとだ
みそしるのかおりが鼻《はな》をくすくすしちゃう　松崎里咲（小3）

せまい路《ろ》地《じ》見《み》えない所《ところ》にかくれてる
強《つよ》く根《ね》をはる小《ちい》さなタンポポ　太田玲子（小6）

見《み》上《あ》げればふうわり咲《さ》いたコブシの花《はな》
豆《まめ》電《でん》球《きゅう》のように白《しろ》くかがやく　竹内緋奈子（小4）

妹《いもうと》の卒《そつ》園《えん》式《しき》の帰《かえ》り道《みち》
コブシの花《はな》が春《はる》を知《し》らせた　澤 真由子（小6）

おとながつくった短歌《たんか》

（おとな部門受賞作品）

大賞《たいしょう》

だんだんと手《て》のかからぬが寂《さび》しさに
後《うし》ろボタンの春服《はるふく》を買《か》う

新村衣里子

幼《おさな》いと思《おも》っていた子《こ》どももだんだんと成長《せいちょう》し、手《て》がかからなくなる。それはもちろん願《ねが》わしいことなのですが、反面《はんめん》で言《い》い知《し》れぬ寂《さび》しさを感《かん》じるものですね。

後《うし》ろボタンの服《ふく》は女《おんな》の子《こ》用《よう》でしょうか。子《こ》どもが一人《ひとり》で着《き》るにはちょっと難《むずか》しい。それを手伝《てつだ》ってやることがささやかなスキンシップとなることを、母親《ははおや》はわかっていて、だからあえて買《か》うのです。

「春服《はるふく》」という表現《ひょうげん》に、季節《きせつ》だけでなく子《こ》どものみずみずしさも反映《はんえい》されています。少《すこ》し薄手《うすで》の柔《やわ》らかな色合《いろあ》いもイメージされますね。母《はは》と子《こ》の共同作業《きょうどうさぎょう》のような着《き》るという行為《こうい》が、これほどやさしく描《えが》かれていることに、切《せつ》なさとほのぼのとした感動《かんどう》を覚《おぼ》えるのです。

優秀賞《ゆうしゅうしょう》

両翼《りょうよく》を捥《も》がれて君《きみ》は卒業《そつぎょう》す
白《しろ》き刃《やいば》を鞘《さや》に納《おさ》めて　松下弘美

作者《さくしゃ》は父親《ちちおや》。子《こ》どもの卒業式《そつぎょうしき》を迎《むか》え、大《おお》きな感慨《かんがい》に浸《ひた》っているのでしょう。内《ない》容《よう》は単純《たんじゅん》な喜《よろこ》びではありません。学校《がっこう》で何《なに》か葛藤《かっとう》があったのか、それを経《へ》て、子《こ》どもはやっと心《こころ》を静《しず》めることができた。複雑《ふくざつ》な思《おも》いで見守《みまも》る父《ちち》の悲哀《ひあい》も滲《にじ》みます。

髪《かみ》洗《あら》ふ《(う)》長湯《ながゆ》の吾《われ》に少年《しょうねん》は
言葉《ことば》かけ来《き》ぬふろの戸口《とぐち》に　田畑みどり

長《なが》く風呂場《ふろば》にいる作者《さくしゃ》を、大丈夫《だいじょうぶ》かと気《き》づかって戸口《とぐち》のところで声《こえ》をかけた少《しょう》年《ねん》。シャンプーしていただけなのに、と作者《さくしゃ》は思《おも》いながら、少年《しょうねん》のやさしさに心《こころ》がなごんだのでしょう。ガラス戸《ど》一枚《いちまい》を挟《はさ》んでの血《ち》の通《かよ》った交流《こうりゅう》が感《かん》じられます。

電話《でんわ》よりハッピバースディと歌《うた》う孫《まご》
音《おと》確《たし》かにて我《われ》ひとつ老《お》ゆ　平井明美

電話口《でんわぐち》で誕生日《たんじょうび》を祝《いわ》う孫《まご》。遠距離《えんきょり》に暮《く》らしているのでしょう。音程《おんてい》が確《たし》かになったことを頼《たの》もしく思《おも》いながら、同時《どうじ》にそれは祖母《そぼ》である自分《じぶん》が一歳老《いっさいお》いていくことなのだと実感《じっかん》する。うれしさと哀感《あいかん》が交錯《こうさく》する一首《いっしゅ》です。

大賞《たいしょう》

親《おや》子《こ》でつくった短《たん》歌《か》

（親子ペア部門受賞作品）

風《かぜ》と手《て》をつないでとんでゆく桜《さくら》
家族《かぞく》とはなれ空《そら》の向《む》こうへ
大北友哉（小6）

花《はな》の下《した》集《つど》へ《(え)》る家族《かぞく》それぞれに
ただ原石《げんせき》のやう《(よ)》な幸《しあわ》せ
大北美年（母）

ひらひらと空《そら》を舞《ま》う桜《さくら》の花《はな》びらは、まるで風《かぜ》と手《て》をつないでゆくようだ。子《こ》どもはその情景《じょうけい》を素直《すなお》にとらえながら、一方《いっぽう》で家族《かぞく》と離《はな》れる花《はな》びらに思《おも》いを馳《は》せています。少《すこ》し心細《こころぼそ》い感《かん》じを受《う》け取《と》ったのでしょうか。

それに応《こた》えるように母親《ははおや》は、満開《まんかい》の桜《さくら》の下《した》に集《つど》う家族《かぞく》の幸福感《こうふくかん》を「原石《げんせき》のやう《(よ)》な幸《しあわ》せ」と表現《ひょうげん》します。とても巧《たく》みな比喩《ひゆ》です。見渡《みわた》せば、それぞれが小《ちい》さな子《こ》どもとまだ若《わか》い親《おや》。出来《でき》てまだ数年《すうねん》ほどのファミリーという温《ぬく》もりに宿《やど》る原初的《げんしょてき》な幸福《こうふく》がかけがえのないものだと実感《じっかん》しているのです。子《こ》どもはやがて成長《せいちょう》し、いつか親元《おやもと》を離《はな》れるだろう。風《かぜ》と手《て》をつないで飛《と》んでいく花《はな》びらのように……。
そんな予感《よかん》があるからこそ家族《かぞく》のいまを抱《だ》きしめていたい作者《さくしゃ》なのでしょう。

優秀賞《ゆうしゅうしょう》

土《ど》よう日《び》にじてん車《しゃ》のった
こうていでほじょなしできた　かぜがきもちいい

松崎愛依子（小1）

日曜《にちよう》には補助《ほじょ》も支《ささ》えもいらなくなり
さみしく見《み》るだけ校庭《こうてい》の隅《すみ》

松崎雅史（父）

子《こ》どもが自転車《じてんしゃ》に乗《の》る最初《さいしょ》は補助輪《ほじょりん》つき。親《おや》は後《うし》ろから背中《せなか》を支《ささ》えてやるのですが、子《こ》どもはあっという間《ま》に乗《の》り方《かた》をマスターします。土曜日《どようび》に乗《の》り始《はじ》め、日曜日《にちようび》にはもう自分《じぶん》で漕《こ》げる子《こ》ども。子《こ》どもは新《あら》たな世界《せかい》を知《し》り、父親《ちちおや》はかすかな寂《さび》しさを味《あじ》わう。そんな対照的《たいしょうてき》な心境《しんきょう》がうまく表《あらわ》されています。

短歌が生まれるとき

松平盟子の短歌創作ノート ③

愛《あい》は藍《あい》 両手《りょうて》にとれば心《こころ》まで
包《つつ》まれゆくか春先《はるさき》木綿《もめん》

松平盟子

木綿古裂《こぎれ》と刺し子について取材する機会がありました。その多くは藍という染料によって濃淡に染め上げられ、水にさらされ洗われることで味わいを深めているのでした。時間の経過が藍色に魅力を加えていること。それを手にとって確認する楽しさを詠んだものです。「藍」と「愛」とが同じ音であることに気付いたことで成り立っている一首でもあります。春先のまだ寒さの残るころ、藍色の木綿のぬくもりは愛そのものだ、そう感じ取っているわけです。

一方で同じ三十代を終えるころ、こんな歌も詠みました。「オーガンジー、シフォン、シルクの風合《ふうあい》の半ば透《す》くるを肌は歓ぶ」。柔らかくしなやかで透明感のある布地の肌に触れる心地よさですね。

V

短《たん》歌《か》の名《めい》作《さく》を味《あじ》わってみよう

恋《こい》の歌《うた》

海《うみ》を知《し》らぬ少女《しょうじょ》の前《まえ》に麦藁帽《むぎわらぼう》の
われは両手《りょうて》をひろげていたり

寺山修司《てらやましゅうじ》

海《うみ》を見《み》たことがないという少女《しょうじょ》に、いっしょうけんめい説明《せつめい》しようとする少年《しょうねん》は、夏《なつ》の麦藁帽子《むぎわらぼうし》をかぶっています。「こんなに大《おお》きいんだよ」。両手《りょうて》を広《ひろ》げる少年《しょうねん》は真剣《しんけん》です。きっと初恋《はつこい》をしているんだね。

ひと束《たば》の水菜《みずな》のみどり柔《やわ》らかく
いつしかわれに茂《しげ》りたる思慕《しぼ》

横山未来子《よこやまみきこ》

まっすぐに伸《の》びた水菜《みずな》は、細《ほそ》くシャキシャキした薄緑《うすみどり》いろの野菜《やさい》です。一束《ひとたば》で何十本《なんじゅっぽん》も寄《よ》せ集《あつ》まった水菜《みずな》は繊細《せんさい》で、作者《さくしゃ》はその柔《やわ》らかさを手《て》に感《かん》じながら、自分《じぶん》の心《こころ》の中《なか》にふさふさと茂《しげ》っているものに気《き》づいたのでしょう。それは思慕《しぼ》という名《な》のあこがれなのでした。

動物《どうぶつ》の歌《うた》

鹿《しか》たちも若草《わかくさ》の上《うえ》にねむるゆゑ《(え)》
おやすみ阿修羅《あしゅら》おやすみ迦楼羅《かるら》

永井陽子《ながいようこ》

奈良県《ならけん》には日本《にほん》の古《ふる》いお寺《てら》がたくさん残《のこ》っています。興福寺《こうふくじ》というお寺《てら》にある少年《しょうねん》のような阿修羅像《あしゅらぞう》、鳥《とり》の顔《かお》をした迦楼羅像《かるらぞう》は、とても有名《ゆうめい》なんですよ。春《はる》の若草《わかくさ》の上《うえ》で鹿《しか》たちが眠《ねむ》る夕方《ゆうがた》には、二《ふた》つの像《ぞう》にも「ゆったりおやすみ」と言《い》ってあげたくなりますね。

母《はは》の名《な》は茜《あかね》、子《こ》の名《な》は雲《くも》なりき
丘《おか》をしづ《(ず)》かに下《くだ》る野生馬《やせいば》

伊藤一彦《いとうかずひこ》

九州《きゅうしゅう》の宮崎県《みやざきけん》には野生馬《やせいば》の放牧《ほうぼく》されている岬《みさき》があります。母馬《ははうま》の名前《なまえ》は茜《あかね》、子《こ》馬《うま》の名前《なまえ》は雲《くも》。両方《りょうほう》の名前《なまえ》を並《なら》べると、なつかしいような、やさしい気持《きも》ちになりますね。岬《みさき》の丘《おか》を静《しず》かに下《くだ》ってくる親子《おやこ》の馬《うま》が見《み》えてくるようです。

スポーツの歌《うた》

十月《じゅうがつ》の跳《と》び箱《ばこ》すがし 走《はし》り来《き》て
少年少女《しょうねんしょうじょ》ぱつと脚《あし》ひらく

栗木京子《くりききょうこ》

秋《あき》の運動会《うんどうかい》か、体育《たいいく》の授業中《じゅぎょうちゅう》でしょうか。勢《いきお》いよく走《はし》る子《こ》どもたちは、跳《と》び箱《ばこ》に手《て》をつくや「えいっ」と両足《りょうあし》を広《ひろ》げます。一瞬《いっしゅん》だけV字型《ブイじがた》にまっすぐ開《ひら》く足《あし》って、とてもきれい。「すがし」は、すがすがしいという意味《いみ》。子《こ》どもの健康《けんこう》なすがすがしさですね。

サヨナラといふ《(う)》勝《か》ち方《かた》と負《ま》け方《かた》がありて
真夏《まなつ》の雲《くも》流《なが》れゆく

小笠原和幸《おがさわらかずゆき》

サヨナラゲームといえば野球《やきゅう》。最終回《さいしゅうかい》の表《おもて》の終了時点《しゅうりょうじてん》で後攻《こうこう》チームが勝《か》ち越《こ》し点《てん》をとったら、もうそこで試合《しあい》は終《お》わりですね。勝《か》ったチームは歓声《かんせい》を上《あ》げ、負《ま》けたチームはがっくり。甲子園《こうしえん》の決勝戦《けっしょうせん》かもしれません。真夏《まなつ》の雲《くも》が白《しろ》く流《なが》れていくようすも目《め》に見《み》えるようです。

食《た》べ物《もの》の歌《うた》

ハロー 夜《よる》。ハロー 静《しず》かな霜柱《しもばしら》。
ハロー カップヌードルの海老《えび》たち。

穂村《ほむら》 弘《ひろし》

夜遅《よるおそ》い時間《じかん》です。一人《ひとり》でいるとやっぱり寂《さび》しいから、だれかと、何《なに》かと交信《こうしん》したくなる。「ハロー」。夜《よる》、静《しず》かな霜柱《しもばしら》、目《め》の前《まえ》のカップヌードルの中《なか》の赤《あか》い海老《えび》たちは、寒《さむ》い夜《よる》の仲間《なかま》みたいですね。ちょっと孤独《こどく》で、ちょっと満《み》たされた心《こころ》です。

ひと泣《な》きしてたっぷりとまた食《た》べに来《く》る
きつねうどん あなたも食《た》べていますか

梅内美華子《うめないみかこ》

いろんなことがあって泣《な》いたあと、急《きゅう》にお腹《なか》がすいてしまうことって、ありませんか? そうだ、きつねうどんを食《た》べよう。白《しろ》いうどんをすすっていると、泣《な》いたことなんかすっかり忘《わす》れる。もう、けんかした相手《あいて》のことを思《おも》い出《だ》しているのかな?

学校《がっこう》の歌《うた》

休日《きゅうじつ》の鉄棒《てつぼう》に来《き》て少年《しょうねん》が
尻上《しりあ》がりに世界《せかい》に入《はい》つて行《ゆ》けり

佐藤通雅《さとうみちまさ》

休日《きゅうじつ》の学校《がっこう》にやってきた少年《しょうねん》。校庭《こうてい》の鉄棒《てつぼう》を両手《りょうて》で握《にぎ》ると、くるりと尻上《しりあ》がりをしたのでした。それはまるで、見知《みし》らぬ世界《せかい》に一人《ひとり》で緊張《きんちょう》しながら入《はい》っていったよう。少年《しょうねん》はちょっぴり大人《おとな》になった気分《きぶん》でしょう。

〈反省《はんせい》の色《いろ》が見《み》えない〉
〈反省《はんせい》の色《いろ》はないろ〉教師《きょうし》と少年《しょうねん》

今井恵子《いまいけいこ》

先生《せんせい》と生徒《せいと》との間《あいだ》の会話《かいわ》です。どこか噛《か》み合《あ》っていないですね。反省《はんせい》するときにはすまなそうな顔付《かおつ》きになるはずなのに、そう見《み》えない。そんな意味《いみ》が先生《せんせい》の言葉《ことば》の中心《ちゅうしん》にあるのですが、生徒《せいと》のほうは「反省《はんせい》の色《いろ》ってどんな色《いろ》？」とスルリとかわしています。ちょっとおかしい光景《こうけい》ですね。

親子《おやこ》の歌《うた》

子《こ》がわれかわれが子《こ》なのかわからぬまで
子《こ》を抱《だ》き湯《ゆ》に入《い》り子《こ》を抱《だ》き眠《ねむ》る
河野裕子《かわのゆうこ》

幼《おさな》い子《こ》ども二人《ふたり》が、作者《さくしゃ》の毎日《まいにち》の中心《ちゅうしん》です。それはもう子《こ》どもと自分《じぶん》との間《あいだ》に区別《くべつ》がつかないほど。抱《だ》いてお風呂《ふろ》に入《はい》って、また抱《だ》いて寝《ね》る。そのくりかえしがすべての、全身《ぜんしん》が愛情《あいじょう》いっぱいの若《わか》いお母《かあ》さんなのです。

ウルトラマンは裸《はだか》なのかと子《こ》が問《と》へ《（え）》り
湯気《ゆげ》うすくなるミルクの前《まえ》に
坂井修一《さかいしゅういち》

温《あたた》かいミルクの湯気《ゆげ》が消《き》えそうになるまで、小《ちい》さな子《こ》どもはいっしょうけんめいに考《かんが》えていたのでしょう。ウルトラマンは裸《はだか》なのかって。お父《とう》さんはその意外《いがい》な質問《しつもん》にびっくりしたのです。なんと答《こた》えたのでしょうね。

季節《きせつ》の歌《うた》

てのひらをくぼめて待《ま》てば
青空《あおぞら》の見《み》えぬ傷《きず》より花《はな》こぼれ来《く》る
大西民子《おおにしたみこ》

青空《あおぞら》のもとの、満開《まんかい》の桜《さくら》が散《ち》りかかるころです。手《て》の平《ひら》をくぼめて待《ま》っていると、ピンクいろの花《はな》びらが舞《ま》い降《お》りてきました。それは桜《さくら》の枝《えだ》からではなく、きっと青空《あおぞら》の、人間《にんげん》の目《め》には見《み》えない傷口《きずぐち》からこぼれて来《き》たのでは？ 少《すこ》し哀《かな》しい春《はる》の空想《くうそう》です。

月射《つきさ》せばすすきみみづ《(ず)》く薄光《うすびか》り
ほほゑ《(え)》みのみとなりゆく世界《せかい》
小中英之《こなかひでゆき》

月《つき》のしずかな秋《あき》。しなやかなススキも、森《もり》のミミズクも、照《て》らす月光《げっこう》にうっすらと光《ひか》っています。そんな心《こころ》やすらぐひとときは、自然《しぜん》とほほえみが浮《う》かんでくるのでしょうね。ほほえみだけのやさしい世界《せかい》。満《み》ち足《た》りた安《やす》らぎが漂《ただよ》っています。

外国《がいこく》の歌《うた》

モンブランの頂《いただき》に立《た》ち
億年《おくねん》をゆるりと泳《およ》ぐ山々《やまやま》と逢《あ》ふ（う）

本多《ほんだ》稜《りょう》

アルプス山脈《さんみゃく》の最高峰《さいこうほう》モンブラン。その頂上《ちょうじょう》に立《た》ち、何億年《なんおくねん》も前《まえ》から変《か》わることのない山々《やまやま》を眺《なが》めている作者《さくしゃ》です。連《つら》なる山《やま》は、多分《たぶん》、白《しろ》い雲《くも》の間《あいだ》を泳《およ》いでいるように見《み》えるのでしょう。雄大《ゆうだい》な光景《こうけい》、悠久《ゆうきゅう》の時間《じかん》です。

パッシー駅《えき》そのむこうには川《かわ》が見《み》え
藍《あい》のセーヌの背中《せなか》うつくし

松平《まつだいら》盟子《めいこ》

フランスの首都《しゅと》パリ。そこを貫《つらぬ》いて流《なが》れるのがセーヌ川《がわ》です。パッシー駅《えき》は少《すこ》し高台《たかだい》にあって、セーヌが一望《いちぼう》できます。その日《ひ》のセーヌは藍色《あいいろ》。まるでパリという街《まち》に横《よこ》たわる背中《せなか》のようにも見《み》え、その美《うつく》しさに息《いき》を飲《の》んだのでした。

戦争《せんそう》の歌《うた》

六十年《ろくじゅうねん》むかし八月九日《はちがつここのか》の時計《とけい》の針《はり》はとどまりき いま

竹山《たけやま》広《ひろし》

一九四五年《ねん》八月《はちがつ》九日《ここのか》、長崎《ながさき》に原爆《げんばく》が投下《とうか》されたとき、作者《さくしゃ》は二十五歳《にじゅうごさい》。元気《げんき》だったお兄《にい》さんは被爆《ひばく》して亡《な》くなりました。悲惨《ひさん》な体験《たいけん》をし、苦《くる》しみながら生《い》きてきたのです。その苦《くる》しさが癒《い》えたのは八十歳《はちじっさい》を過《す》ぎてから。戦争《せんそう》は罪悪《ざいあく》だ、という叫《さけ》びがここにあります。

「白旗《しろはた》をかかぐる少女《しょうじょ》」のかぼそき手足《てあし》沖縄戦《おきなわせん》のすべてを語《かた》る

北沢《きたざわ》郁子《いくこ》

一九四五年《ねん》八月十五日《はちがつじゅうごにち》、日本《にほん》は太平洋戦争《たいへいようせんそう》を敗戦《はいせん》という形《かたち》で終《お》えました。その直前《ちょくぜん》に沖縄《おきなわ》は戦場《せんじょう》となり、たくさんの子《こ》どもも犠牲《ぎせい》になったのでした。アメリカ兵《へい》に向《む》けて降伏《こうふく》のしるしの白旗《しろはた》をかかげた少女《しょうじょ》の細《ほそ》い手足《てあし》。写真《しゃしん》に残《のこ》るその姿《すがた》の痛《いた》ましさが胸《むね》を打《う》ちます。

空想《くうそう》を広《ひろ》げた歌《うた》

宇宙船《うちゅうせん》に裂《さ》かるる風《かぜ》のくらき色《いろ》
しづ《(ず)》かに機械《メカ》はうたひ《(い)》つつあり

井辻朱美《いつじあけみ》

宇宙船《うちゅうせん》の中《なか》で歌《うた》っているのは、人間《にんげん》ではなくて、ロボットかコンピューター。のんびりしているようで、どこか不安《ふあん》な気配《けはい》です。窓《まど》の外《そと》は真《ま》っ暗《くら》な宇宙空間《うちゅうくうかん》。何《なん》のために、どこへ向《む》かうの？ 応《こた》えはありません。短歌《たんか》がとらえたSF《エスエフ》の世界《せかい》です。

夢《ゆめ》にわれ妊娠《にんしん》をしてパンなれば
ふっくらとしたパンの子《こ》を産《う》む

渡辺松男《わたなべまつお》

夢《ゆめ》の中《なか》ではなんでも起《お》こりそうですが、この歌《うた》はイメージが飛躍《ひやく》しています。男《おとこ》の作者《さくしゃ》が女《おんな》になり、しかも人間《にんげん》でなくてパン。パンがパンの子《こ》どもを産《う》むなんて、どうやって想像《そうぞう》したらいいのでしょう。でも、なんだか作者《さくしゃ》はうれしそうです。

百《ひゃく》年《ねん》前《まえ》の歌《うた》

真砂《まさご》なす数《かず》なき星《ほし》の其《その》中《なか》に
吾《われ》に向《むか》ひ（い）て光《ひか》る星《ほし》あり

正《まさ》岡《おか》子《し》規《き》

砂《すな》のように数《かず》かぎりない空《そら》の星《ほし》。チカチカといっせいに輝《かがや》く星《ほし》の中《なか》に、一《ひと》つだけ、自分《じぶん》に向《む》かって光《ひかり》を放《はな》ってくれる星《ほし》がある。重病《じゅうびょう》に伏《ふ》せる毎日《まいにち》。でも、その星《ほし》を見上《みあ》げながら、作者《さくしゃ》は小《ちい》さな希望《きぼう》を見出《みいだ》しているのでしょうか。

君《きみ》かへ（え）す朝《あさ》の舗石《しきいし》さくさくと
雪《ゆき》よ林檎《りんご》の香《か》のごとくふれ

北《きた》原《はら》白《はく》秋《しゅう》

恋人《こいびと》が帰《かえ》っていくのを見送《みおく》っている歌《うた》です。その朝《あさ》は雪《ゆき》が降《ふ》っていたのでした。彼女《かのじょ》が舗道《ほどう》を踏《ふ》みしめる音《おと》は雪《ゆき》が降《ふ》る音《おと》に重《かさ》なり、そのさくさくという音《おと》は同時《どうじ》にリンゴをかむ音《おと》をイメージさせます。このイメージは、リンゴの爽《さわ》やかな香《かお》りをも引《ひ》き寄《よ》せるのです。

千年前《せんねんまえ》の歌《うた》

世《よ》の中《なか》にたえて桜《さくら》のなかりせば
春《はる》の心《こころ》はのどけからまし
在原業平《ありわらのなりひら》

この世《よ》にもし桜《さくら》という花《はな》がまったくなかったとしたら、春《はる》を迎《むか》える心《こころ》はもっとおだやかなのになあ。春《はる》になるたびに、いつ咲《さ》くのか、いつ散《ち》るのかと気《き》がかりで……。桜《さくら》は日本人《にほんじん》が古《ふる》くから愛《あい》してきた花《はな》。一喜一憂《いっきいちゆう》する気持《きも》ちも同《おな》じなんですね。

もの思《おも》へ（え）ば沢《さわ》の蛍《ほたる》もわが身《み》より
あくがれ出《い》づる魂《たま》かとぞ見《み》る
和泉式部《いずみしきぶ》

あれこれ思《おも》い詰《つ》めていると、気《き》がつけば沢水《さわみず》の上《うえ》をふわふわ蛍《ほたる》が飛《と》んでいます。ああ、この蛍《ほたる》はきっと私《わたし》のからだの中《なか》からさまよい出《で》た魂《たましい》なんだわ……。蛍《ほたる》の薄《うす》緑色《みどりいろ》に点滅《てんめつ》する光《ひかり》を自分《じぶん》の魂《たましい》と感《かん》じる。千年前《せんねんまえ》の人《ひと》の神秘的《しんぴてき》なまでの実感《じっかん》なのでしょう。

短歌が生まれるとき

松平盟子の短歌創作ノート 4

枇杷《びわ》の葉《は》の間《あい》にくすくす笑《わら》う実《み》を
少年《しょうねん》がもぐ初夏《しょか》の半袖《はんそで》

松平盟子

枇杷の木は初夏になると、卵型のオレンジ色をした実をつけます。茂る青葉の間にそれが見えると、少年はもうじっとしていられません。脚立にのぼり、手で葉を分けてもごうとします。ふっくらした枇杷の実は、まるで少年を待っていたかのように輝くのです。

　この感じを表すために枇杷の実を「くすくす笑う」と擬人化してみました。また結句を「初夏の半袖」としたのは、少年のみずみずしい腕が半袖からのぞいているようすを印象づけるためです。

　果実の歌としてはミカンをこんなふうに詠んでいます。「縮緬《ちりめん》のしぼの手触り小田原の無農薬なる蜜柑それぞれ」。無農薬のミカンはどこかしっとりして適度な重さを感じる感触なのでした。

Ⅵ

もっと短歌《たんか》を楽《たの》しむ

短《たん》歌《か》は、詩《し》の型《かた》を守《まも》るというルール以《い》外《がい》は、あれはダメ、これでなくてはダメ、といった決《き》まりごとがない詩《し》です。世《せ》界《かい》のすべてが素《そ》材《ざい》やテーマになるといっていいほど。スゴーイ！

じゃあ、もっと短《たん》歌《か》を楽《たの》しむためには、どうしたらいいの？　何《なに》をもっと知《し》っていたらいいの？

作《つく》るとき、読《よ》むとき、どちらの立《たち》場《ば》からも役《やく》に立《た》つことを三《みっ》つのポイントにまとめてみました。ちょっと難《むずか》しいけど、チャレンジしてみましょう。

★オノマトペ（擬《ぎ》音《おん》語《ご》）

犬《いぬ》や猫《ねこ》の鳴《な》き声《ごえ》（ワンワン、ニャーニャー）、風《かぜ》や水《みず》の動《うご》くようす（さらさら、ザザー）など、わたしたちの生《せい》活《かつ》の中《なか》には声《こえ》や音《おと》がいっぱい。オノマトペは、音《おと》や声《こえ》、動《うご》きやようすを具体的《ぐたいてき》に生《い》き生《い》きと表現《ひょうげん》するのにぴったりなのです。

次《つぎ》の歌《うた》は、「りんごん」「ぎんごん」と鳴《な》る鐘《かね》の音《おと》が、真《ま》っ赤《か》な林檎《りんご》の中《なか》から聞《き》こえてきそうですよ。

鐘《かね》りんごん林檎《りんご》ぎんごん霜《しも》の夜《よ》は
林檎《りんご》のなかに鐘《かね》が鳴《な》るなり
小島《こじま》ゆかり

★リフレーン（くりかえし）

波《なみ》が寄《よ》せては返《かえ》すように、言葉《ことば》のくりかえしはリズムを生《う》み出《だ》します。「こんにちは、こんにちは」のように、ね。

少《すこ》し言《い》い換《か》えをして、もう一度《いちど》くりかえすのも、雰囲気《ふんいき》がぐっと高《たか》まります。「いい天気《てんき》ですね、晴《は》れていますね」のように。

リフレーンはリズムと音楽性《おんがくせい》を強調《きょうちょう》する表現《ひょうげん》です。〈五《ご》・七《しち》・五《ご》・七《しち》・七《しち》〉も5音《おん》と7音《おん》のリフレーンですから、上手《じょうず》に使《つか》えると歌《うた》がぐっとグレードアップしますよ。

次《つぎ》の歌《うた》は、話《はな》し言葉《ことば》を取《と》り入《い》れながら、「おっ」「言《い》って」をリフレーンしています。

電話口《でんわぐち》でおっ、て言《い》って前《まえ》みたいに
おっ、て言《い》って言《い》って言《い》ってよ　東《ひがし》直子《なおこ》

★メタファー（たとえ・比喩《ひゆ》）

何《なに》かをたとえるために、別《べつ》の何《なに》かを持《も》ってきて「～のような」「～に似《に》た」「たとえば」と言《い》うことがありますね。これを「メタファー」とか「比《ひ》喩《ゆ》」と呼《よ》びます。

でも、「雪《ゆき》のように白《しろ》いうさぎ」「風船《ふうせん》みたいに軽《かる》い葉《は》っぱ」は、よく使《つか》われるけれど、もうひとつ面白《おもしろ》くないですね。詩《し》は個性《こせい》を大事《だいじ》にします。こんなメタファー（比喩《ひゆ》）があったんだなあ、と驚《おどろ》くような使《つか》い方《かた》ができるとステキですね。

次《つぎ》の歌《うた》は、ゆらりゆらりと揺《ゆ》れるブランコのゆったりした感《かん》じが、春《はる》の雰囲気《ふんいき》を比喩《ひゆ》しているんですね。

ぶらんこのゆれいるような春《はる》くれば
窓《まど》という窓《まど》きらきらきらとする
小島《こじま》なお

あとがき

　子どもの身長がずんずんと伸びて、話す言葉やその内容に成長を感じるようになるとき、子どもの心もきっといろいろな形を描きながら広がっているのだろうな、と大人は想像します。楽しいことだけではなく、悲しいことも、つらいことも、子どもなりに味わい、そこから生きることの何かを理解していくのでしょう。柔らかい心が汲み取った感情の体験。それを人生の大切な糧にしてほしい。大人はまた、こう願います。

　そんなとき、短歌という詩を、そっと子どもに手渡したいと思うのです。心を納めるための小さな器、それが短歌だからです。

　最初はなかなか心が器に納まりきらないことでしょう。ときにはあふれてしまうかもしれない。でも、〈五・七・五・七・

七〉のリズムをもつ、短歌という詩の型と根気よくつきあうのも悪くはないと思うのです。楽器の指の動かし方も、自転車の乗り方も、箸の使い方も、たいてい決まった型があり、それに馴染むことから習得は始まるからです。

短歌は日本語による日本の詩ですが、わたしはもっと大きく、世界の人に愛される詩であってほしいと思っています。また、世界を旅したり、将来は外国で働くことも稀ではない子どもたちに、日本語の美しさや日本人の感性を大切にしてもらうためにも、短歌を知り親しんでほしいと考えます。

この本が、その最初の手助けとなることができたら、ほんとうに幸いです。

松平盟子

二〇一〇年　桜の花の散りいそぐなかで

松平 盟子［著］

歌人。1954年、愛知県生まれ。南山大学文学部国語国文学科卒。愛知県立高等学校に教員として勤務（国語科）。大学在学中にコスモス短歌会入会。77年『帆を張る父のやうに』で角川短歌賞を受賞。92年、歌誌「プチ★モンド」創刊、現在まで代表。98年、国際交流基金フェローシップにより、与謝野晶子研究（パリにおける足跡と文学的業績）のためパリ第7大学に留学。小学校～大学、カルチャーセンター等で短歌の実作・歴史及び魅力を伝えている。現代歌人協会理事。歌集に『シュガー』（砂子屋書房）、『プラチナ・ブルース』（同・河野愛子賞）、『たまゆら草紙』（河出書房新社）ほか多数。著書に『母の愛　与謝野晶子の童話』（アシェット婦人画報社）、『パリを抱きしめる』（東京四季出版）、『文楽にアクセス』（淡交社）など。

寺子屋《てらこや》シリーズ《し》 4

親子《おやこ》で楽《たの》しむ　こども短歌塾《たんかじゅく》

平成22年7月10日　初版発行

著　者　松平《まつだいら》 盟子《めいこ》

発行者　株式会社 明治書院　代表者　三樹　敏
印刷者　大日本法令印刷株式会社　代表者　田中國睦
製本者　大日本法令印刷株式会社　代表者　田中國睦
発行所　株式会社 明治書院
〒169-0072　東京都新宿区大久保1-1-7
電話 03-5292-0117
振替 00130-7-4991

©Meiko Matsudaira 2010
Printed in Japan　ISBN978-4-625-62413-1

デザイン／表紙・本文イラスト／組版制作:マエダヨシカ